www.tredition.de

AF217587

Benjamin Kelm

Nichts ist alltäglich

Kurzgeschichten aus Saarbrücken

www.tredition.de

© 2016 Benjamin Kelm

Cover-Design & Foto: Michael Braun, www.bgrafik.de
Covermodel: Annabelle Kelm
Korrektorat: Martina Kelm

2. Auflage
Verlag: tredition GmbH, Hamburg

ISBN
Hardcover   978-3-7345-6675-2
Paperback   978-3-7345-1825-6
e-Book   978-3-7345-1827-0

Printed in Germany

Bibliografische Information der Deutschen Nationalbibliothek: Die Deutsche Nationalbibliothek verzeichnet
diese Publikation in der Deutschen Nationalbibliografie;
detaillierte bibliografische Daten sind im Internet über
http://dnb.d-nb.de abrufbar.

Für Tante Hedi
und ihr großes saarländisches Herz.

Inhalt

Die Greifvögel von St. Johann

Still verharren wir auf unserem Aussichtspunkt.
Wir sitzen hier Wochen, Tage, manchmal auch nur wenige Minuten, bis wir uns wieder im freien Fall auf unsere wehrlose Beute stürzen.
Wir kennen keine Gnade.
Würde man es nicht anders vermuten, könnte man annehmen, dass wir uns in der Serengeti befinden.
Wie wir auf abgestorbenen, morschen Bäumen sitzen und auf das nächste, kleine, hilflose Tier warten, das wir verspeisen könnten.
Jeder muss hier um sein Überleben kämpfen.

Allerdings stimmt das nicht ganz. Wir sind im Saarland. In Saarbrücken. Am St. Johanner Markt. Und wir sind auch keine mächtigen Greifvögel. Nein.
Wir sind Tauben.
Hier am St. Johanner Markt sind wir die Könige der Lüfte. Zum Observieren sitzen wir auf dem Dach des Karstadtgebäudes, mit perfektem Blick über den Markt und die angrenzenden Gebäude und Marktgassen.
In anderen Städten werden wir auf Plätzen und

Märkten leider nicht gerne gesehen.

Aber hier ist es anders. Die Saarbrücker sind sehr offen und freundlich. Die Anwohner wissen, dass wir da sind, um den Markt sauber zu halten und um auf ihn aufzupassen. Wir werden respektiert und wertgeschätzt.

Wenn wir auf dem Marktplatz unterwegs sind, fallen öfter Kommentare wie:

"Ohja, die Tauben, nützliche Vögel! Und was für ein schönes Gefieder!"

"Also ich mag Tiere, egal ob Hase, Maulwurf oder Taube. Sogar Chihuahuas. Hey, wir sind alle Lebewesen."

"Süß, süß, süüüüüßßß! Taubsiiiiss! Das sind meine Lieblingspokémons."

Nur von Touristen hören wir ab und zu negative Worte. Das sind einfach Vorurteile, mit denen wir schon unser ganzes Leben zu kämpfen haben:

"Ihhhhh, eigentlich finde ich die total eklig. Diese Ratten der Lüfte! Bahhh! Nicht mal den Dreck können sie richtig wegpicken. So unnötig diese Viecher!"

Doch wir lassen uns nicht beirren.

Kein Krümel eines Brötchens, keine Gurke eines Cheeseburgers von McDonalds bleibt von uns unberührt. Wir sehen es, haben unsere Augen über Generationen hin geschult.

Vor der Zeit, als wir noch nicht hier waren, war

der St. Johanner Markt schmutzig und wurde von den Menschen gemieden.

Dank uns ist es anders.

Heute finden hier Weihnachtsmärkte, Konzerte oder Feste statt. Dann haben wir einiges zu tun.

Doch wir tun es gerne.

Batman beschützt Gotham City, wir Saarbrücken. Genannt werden wir auch „Batdoves".

Mit offenen Augen fliegen wir durch die Stadt und fühlen uns wie die Beschützer Saarbrückens. Uns entgeht nichts.

So manche Geschichte können wir erzählen…

Zeit für Kaffee und Kuchen

Es war ein dunkles Café.

Es gab ein großes Fenster aus Milchglas. Kronleuchter mit Glühbirnen versuchten zwar den großen Raum mit einer offenen Galerie zu beleuchten, aber es gelang ihnen nur spärlich. Der dunkelbraune Teppich schluckte jede Helligkeit. Träge tranken die Leute ihren Kaffee und aßen Kuchen. Marmorkuchen.

Eigentlich schon fast Schokoladenkuchen, da auch dieser kaum aus hellem Teig bestand.

Dass draußen die Sonne strahlte, konnte man sich hier kaum vorstellen. Trotzdem versuchten die Gäste ihren Sonntagnachmittag zu genießen.

„Oma, warum sitzen wir eigentlich hier drin, wenn doch draußen die Sonne scheint?", fragte Simon seine Großmutter, die eine weiße Perlenkette sowie Perlenstecker am Ohr trug.

„Das ist doch ganz einfach mein Schatz, weil wir hier noch etwas sitzen bleiben müssen. Es ist doch Sonntag, da sitzen wir immer im Café, an diesem Tisch. Daran lässt sich einfach nichts ändern. So gerne ich es auch wollte... Und iss mal etwas weiter, dir schmeckt der Kuchen doch, nicht wahr?"

„Das ist doch Blödsinn, Oma. Wir müssen gar nicht hier drinnen sitzen bleiben. Warum sollte uns denn einer aufhalten, wenn wir uns einfach raus setzen? Komm, wir stehen auf und setzen uns raus... Bitte."

„Nein. Wie gesagt, wir machen das immer..."

„Oh, wer verbietet uns das denn?"

„Niemand, aber..."

„Nichts aber. Da hast du doch deine Antwort."

„Ach mein Schatz. Es gibt Dinge, die man besser einfach immer beibehält. Es hat schon seinen Grund, warum wir hier sitzen. Ich werde es dir schon noch erklären. Irgendwann. Schmeckt dir dein Kuchen?"

„Ja. Schmeckt."

Simon nahm trotzig seine Gabel und aß noch ein Stück von seinem Kuchen. Dabei schaute er unter sich.

Er mochte es nicht, wenn seine Oma ihm Dinge verschwieg. Mit seinen sieben Jahren war er doch schließlich alt genug, um alles zu verstehen.

Seine Großmutter nahm einen großen Schluck von ihrem Milchkaffee. Sie wirkte gedankenverloren und traurig.

Als ihr Enkel wieder aufblickte, setzte sie ganz automatisch ein Lächeln auf.

„Wir essen hier nun fertig. Dann werden wir noch an der Saar zum Spielplatz am Staden spazieren.

Da genießen wir etwas die Sonne. Vielleicht ist Sophia mit ihrer Mutter da und du spielst noch etwas mit ihr, ja?"

„Mhm, okay. Ach Oma, ich mag dieses Café nicht mehr. Es ist so dunkel und alles wirkt… irgendwie tot."

Sie schwieg für einen kurzen Moment.

„Gut, komm, lass uns gehen. Den Kuchen können wir auch mitnehmen. Du hast Recht.", sagte sie mit einer zerbrechlichen Stimme.

Simon sprang freudig auf und ging schon mal vor zur Tür.

Er wusste nicht, dass seine Großmutter seine Mutter, das letzte Mal genau in diesem Café, an diesem Tisch gesehen hatte. Sie musste früher los und ließ die beiden im Café zurück. Dass sie auf dem Weg nach Hause von einem Auto erfasst wurde, wurde Simon verschwiegen.

Ihm wurde nur gesagt, dass seine Mutter nun an einem besseren, weit entfernten Ort sei.

Im Himmel.

Von dort aus passe sie immer auf ihn auf und sei in seinem Herzen bei ihm. Aber warum seine Mama ihn nicht trotzdem ab und zu besuchte, verstand er nicht.

Dafür war er noch zu klein.

Die Millionenvilla

Sie saßen zu viert spät abends im kleinen WG-Zimmer von Tim, schauten „The Walking Dead" und tranken Stubbi.

„Ey, kannst du mir mal noch en Stubbi geben, der Kasten steht links neben dir. Nach den stressigen Vorlesungen heute an der Uni ist ein zweites Bier mehr als angebracht.", sagte Jens zu Tanja und zeigte mit dem Finger in Richtung des ersehnten Biers.

„Klar, kein Ding. Ich mach es dir grad noch auf." Sie nahm die kleine Flasche und schlug mit der Hand auf den Flaschendeckel, den sie an den Bierkasten drückte. Mit einem leisen *Flopp* flog der Deckel ab und sie reichte ihm das Getränk.

„Ooohh, jetzt halt doch nicht deinen Arm vor den Fernseher! Es wird doch gerade spannend, die Zombies kommen. Dem ersten wurde schon der Kopf zu Matsch gedrückt, sau geil.", freute sich Robin und er griff in die Chipstüte, die zwischen seinen Beinen auf dem Boden lag.

Das Bier wurde rechtzeitig zum nächsten Mit-einem-Messer-das-Zombiegehirn-Durchstechen überreicht, bevor sich Robins Gesicht wieder verfinstern konnte.

„Danke! Tim, du hast noch?!", fragte Jens.

„Jo, hab noch, danke. Die Serie ist echt so der Hammer. Gepackt hat sie mich vor allem seit dem Gefängnis. Ich glaub ja mittlerweile selbst schon daran, dass wir kurz vor einer Zombieapokalypse stehen könnten."

„Ach Mann, hör doch auf. Daran glaubst du doch nicht ernsthaft.", machte Jens ihn an.

„Doch! Warum denn nicht?! Heute passiert so viel Scheiß. Es wird so viel rumgeforscht, neue Stoffe entwickelt, mit Viren experimentiert, da würde es mich nicht wundern, wenn einer Murks baut und 'nen Zombievirus erschafft. Und schwups hat es die ganze Menschheit. Naja, oder fast. Wir würden natürlich überleben.", grinste er.

Während Robin weiterhin so tat, als ob er ganz konzentriert die Serie schauen würde, stieg Tanja direkt in die Unterhaltung ein.

„Also ich wär sofort dabei! Beim Überleben und Verteidigen und Untote noch untoter machen. Und plündern, da hätte ich voll Bock drauf. Ich glaub, ich würd mich für so ein Samurai-Schwert entscheiden, wie es Michonne hat."

„Ich Armbrust. Leise beim Schießen und die Pfeile kannste wieder verwenden.", warf Tim in die Runde ein, „Mir passiert es ja schon manchmal, dass ich mich dabei erwische, wie ich nach den

Beißern Ausschau halte und mir überlege, wie ich Räume barrikadieren könnte."

„Soweit ist es mit mir noch nicht, du Freak. Würde mich aber fürs Maschinengewehr entscheiden.", antwortete Jens, „Und du Robin, was wäre deine Waffe?"

Robin reagierte nicht. Versteift schaute er weiter in Richtung TV.

„Ey Alter, jetzt mach mal nicht so, als ob du uns nicht hören würdest.", sagte Tim und tippte ihn an der linken Schulter an.

Genervt drehte er seinen Kopf zu ihm: „Mit euch macht es echt keinen Spaß ne Serie zu schauen. Ihr seid immer nur am Quatschen. Warum treffen wir uns, wenn eh keiner guckt. Echt jetzt!"

„Also ich weiß, wer als erstes gefressen und der miesgelaunteste Zombie von allen sein wird.", rief Tanja und die anderen beiden Jungs fingen an zu lachen.

„Haha, sehr lustig.", sagte Robin und schob sich dabei seine Brille mit dem rechten Zeigefinger die Nase hoch und richtete seinen Blick wieder auf den Bildschirm.

Tim trank einen großen Schluck von seinem Stubbi und stellte die Bierflasche mit einem verschmitzten Grinsen auf den Boden.

Er schaute sich suchend um, sein Blick blieb hinter Jens hängen, der auf dem Boden saß, und stieg

seitlich über ihn. Bückte sich und hielt anschließend triumphierend etwas in die Höhe.

Klick.

Der Fernseher ging aus.

Wütend drehte sich Robin zu den anderen um:
„Was soll denn der Mist jetzt?! Geht's noch?! Mit
euch werde ich wirklich nichts mehr schauen.
Das wird mir echt zu blöd, ich geh heim. Zum
Glück habe ich Netflix."

Gerade als er aufstehen wollte, hielt Tim ihn auf,
indem er sich vor alle stellte und sie geheimnis-
voll anschaute.

„Leute, haltet euch fest, ich hab ne Idee."

„Wenn du eine Idee hast, kann es ja schon nichts
werden.", spaßte Tanja.

„Ne, im Ernst. Kennt ihr die… Millionenvilla?"

Er erntete nur fragende Blicke und Robin beruhig-
te sich langsam.

„Die Millionenvilla in Saarbrücken. Die zum Teil
abgebrannt ist und sich an so einem Waldrand
befindet. Gehörte angeblich irgend so reichen
Russen, die zu viel Party gemacht haben und in
ihrem Rausch zu spät bemerkten, dass ihr gutes
Stück anfängt abzufackeln."

„Ne, davon habe ich noch nie etwas gehört.", sagte
Jens. Robin und Tanja schüttelten auch nur die
Köpfe.

„Umso besser. Lasst uns jetzt dahin gehen.", sagte

Tim entschieden und wollte gerade schon seine Schuhe suchen, als Robin entgeistert erwiderte, was sie denn eigentlich da nun um diese Uhrzeit bitte machen sollten.

„Ganz einfach. Ihr glaubt nicht, dass Beißer existieren?! Oder würdet euch zutrauen, welche zu erledigen. Dann wäre genau das nun die beste Gelegenheit zu testen, wie angstfrei wir wirklich sind. Im Vergleich zu einer Zombieapokalypse ist ein Besuch in einem zerfallenen Haus bei Nacht ein Witz. Nicht wahr?"

„Ich weiß ja nicht, muss das nun wirklich sein? Also entweder schauen wir nun doch weiter oder ich geh wirklich heim.", entgegnete Robin genervt. Jens schien auch noch etwas unsicher, aber Tanja wirkte auf einmal hellwach.

„Doch, das machen wir! Ist ja mal echt keine so schlechte Idee, die du da hast. Ich bin sofort dabei. Vor allem jetzt, wo wir so schön durch „The Walking Dead" eingestimmt sind. Wetten, wir werden auf Untote stoßen? Und wenn, egal, ich mach sie alle. Und zwar alle!"

„Also wenn du so weiter quatschst, wird es schon hell.", unterbrach Jens sie.

„Du bist also auch dabei?", fragte sie ihn.

„Jo, warum nicht."

„Gut. Du, Robin?"

Er schaute etwas gequält, aber nickte dann doch

leicht mit dem Kopf: „Mhm, okay. Ich komme mit, aber ich werde nicht in das Haus gehen, ok?"

Tanja fing an zu lächeln: „Prima. Du, Tim, hast du Taschenlampen?"

„Japp."

„Du kennst den Weg?"

„Japp."

„Und du fährst?"

„Japp."

„Top. Dann bitte einmal alle sich fertig machen, der Zombie-Express fährt in wenigen Minuten los. Und ich nehm mal noch ein Messer mit. Man weiß ja nie…"

Ein „Du spinnst doch" war von Robin zu hören, der erneut seine Brille richtig platzieren musste, als Tim schon die Taschenlampen aus einer Schublade kramte.

Der alte VW Polo kam in einer Seitenstraße zum Stehen. Auf der linken Seite eine Häuserreihe, rechts hat sich nach wenigen Metern ein Wald-stück aufgetan.

„Da müssen wir hoch. Laut Google. Durch den Wald. Keine Ahnung, wo da genau die Villa sein soll, kann aber nicht weit weg sein.", sagte Tim und stieg aus seinem Auto aus.

Die anderen taten es ihm gleich. Nicht sonderlich erfreut über diese Tatsache, folgten sie ihm, der bereits hinter den ersten beiden Bäumen im Dunklen verschwand.

Es ging recht steil den Berg hoch und nach den ersten fünf Minuten bewegten sich drei der Lichtkegel langsamer und nicht mehr so geradeaus leuchtend, eher zickzackförmig, nach oben.

„Also... wenn es jetzt schon... so anstrengend ist... und wir... gehen erst... wenige Meter, dann möchte... ich... nicht wissen... wie es... denen bei... Walking Dead... geht... Ständig... immer... unterwegs...", schnaubte Robin.

Selbst Jens wirkte schon recht angeschlagen, trotz seiner sportlichen Erscheinung.

Tanja war ein kleines Stück vor den beiden. Tim war nicht mehr zu sehen, auch nicht das Licht seiner Taschenlampe.

Nur das Knacksen von trockenen Ästchen, die zertreten wurden, war von weitem zu hören.

Das Geräusch endete abrupt.

Ein lautes Lachen war zu hören und Tim rief: „Hey Leute, ihr werdet es nicht glauben. Ah, Mann, was wir uns hätten ersparen können. Wir Trottel."

Als sie oben ankamen, konnten sie ihren Augen nicht trauen.

Sie kamen bei einem gepflasterten Weg raus, der direkt am Zaun der Villa entlang lief und zu der Seitenstraße führte, an der sie eben kurz vorher vorbeigefahren sind.

„Ja, Jungs, eigentlich hätte es ja klar sein müssen, dass eine Millionenvilla nicht so im Wald liegt, sondern die Hausbesitzer ganz bequem zu ihr gelangen können. Zu Fuß und mit Sicherheit auch mit Limousinen. Aber egal, da haben wir eben jetzt unser erstes Abenteuer hinter uns.", sagte Tanja, „Haltet mal Ausschau nach einem Loch im Zaun und leuchtet nicht wild mit euren Taschenlampen rum, wäre nicht so cool, wenn wir jetzt erwischt werden."

Wieder als Gruppe vereint schlichen sich die vier am Zaun entlang und hatten schon nach wenigen Metern Glück und fanden eine Stelle, an dem der Maschendraht aufgeschnitten war. Gerade groß genug zum Durchzwängen, wenn man sich klein machte und seitlich hineinstieg.

„Also ich geh mit Sicherheit nicht als erstes da rein. Soll nicht einer lieber hier stehen bleiben und Wache halten? Ist vielleicht besser, oder?"

„Ach so ein Quatsch, Robin.", sagte Tim, „Du bist doch jetzt nicht den ganzen Weg mitgekommen, um dann nicht einmal die Villa zu sehen."

„Ja, hast schon Recht."

„Na also. Und Tanja, Ladies first."

„Du alter Kavalier. Da sag ich doch mal nicht nein." Und schon war Tanja mit einem Fuß auf der anderen Seite. Sie blieb kurz mit ihren langen brauen Haaren hängen, konnte sich aber mit der rechten Hand befreien und verschwand schließlich ganz hinter dem Zaun, der noch mit einer blickdichten Bambusmatte versehen war.

Jens folgte ihr.

Dann Tim.

Und zu guter Letzt Robin.

„Also sollte ich jemals fünf Autos und zwei Motorräder haben, bräucht ich auch so ne große Garage. Schaut euch mal das Tor an, wie riesig das ist. Das ist so breit wie unser Haus! Krass.“

Jens kam gar nicht mehr aus dem Staunen heraus. Wie ein kleiner Junge stand er mit erhobener Taschenlampe vor dem großen Tor und war so geplättet, dass er sich kaum bewegte und ganz langsam atmete.

Im Gegensatz zu Tim.

Dieser war nun so voller Tatendrang, dass er ohne großes Zögern in Richtung der eingeschlagenen Eingangstür, hinter der sich ein großes Foyer mit Marmortreppen befand, ging.

Als er schon halb drin war, rief Tanja ihm zu, dass er warten sollte: „Jetzt wart mal Tim, warte. Oh, warte!“

Tim blieb stehen.

„Du bist doch verrückt. Du kannst doch da nicht alleine rein gehen. Was wäre denn, wenn das Gebäude von Zombies besetzt ist? Alleine kannst du die bestimmt nicht alle erledigen. Mit mir schon. Ich komme mit.", grinste Tanja.

„Was ist mit euch zwei?", sagte sie zu den anderen.

Jens gab mit einem Nicken zu verstehen, dass er mitkommt. Robin tat zunächst so, als ob er nicht angesprochen war. Doch als er merkte, dass dies genauso wenig funktionierte, wie stur auf den Fernseher zu starren, sagte er: „Ne, ich bleibe hier... Geht ihr ruhig rein. Ich kann hier warten. Ihr werdet doch nicht ewig brauchen, oder?"

Ohne Antwort drehte sich Tanja um und ging gemeinsam mit Jens zu Tim.

Ganz leise konnte Robin noch verstehen, dass Tim ihnen erklärte, wie wichtig es sei, dass sie nicht gebissen werden dürfen, wenn sie nicht auch als Untote enden möchten.

Dann waren sie weg.

Er blieb alleine im Dunkeln zurück.

Etwas unwohl war es ihm, er blieb aber brav auf seiner Stelle stehen.

Zumindest die ersten zehn Minuten.

Damit die aufsteigende Furcht nicht Überhand nehmen konnte, wollte er sich durch eine kleine Erkundungstour ablenken und ging am Gebäude links vorbei.

Dort entdeckte er ein eingestürztes Hallenbad. Das komplette Dach war zusammengefallen und abgebrannt. Meterlange Dachbalken ragten aus dem Schwimmbecken heraus.

Fasziniert ging er darauf zu, ohne seinen Blick abzuwenden.

Er stolperte.

Während dem Sturz merkte er, wie seine Brille von der Nase rutschte. Bevor er aber irgendwie reagieren konnte, lag er bereits auf dem Boden.

Ohne Brille.

Mit Schürfwunden an beiden Ellenbogen.

Die Taschenlampe noch in der Hand.

Darüber war er froh, da er so zumindest seine Brille suchen konnte. Jedoch hielt die Freude nicht lange an.

Als er langsam aufstand und seine Kleidung ausklopfte, wurde das Licht seiner Taschenlampe immer schwächer.

Durch ruckartiges Schütteln konnten zwar noch kurze, kräftige Lichtimpulse gewonnen werden, aber nach dem vierten Zucken, ging ihr der Lichtatem aus und ließ Robin im Dunkeln stehen.

„Na klasse.", seufzte er.

Für einen Moment blieb er stehen und überlegte, was er tun sollte. Die Brille würde er ohne Licht nicht finden.

Deswegen blieb ihm nichts anderes übrig, als sich ganz vorsichtig zurück zu tasten, um dann vor dem Eingang auf die anderen zu warten.

Doch auf einmal schienen ihm die Geräusche um ihn herum viel lauter als zuvor. Es wurde auch irgendwie viel dunkler. Und kälter. Als er dann auch noch den brennenden Geruch von Feuer in der Nase hatte, stieg ein Gefühl von Panik in ihm auf.

Seine Sinne spielten ihm einen Streich und er konnte sich nicht dagegen wehren. Wie gegen eine Horde von Zombies, die ihn eingekesselt haben und er nur noch darauf warten konnte, endlich zerfleischt zu werden.

Stück für Stück. Bissen für Bissen. Gliedmaße nach Gliedmaße.

Von weitem hörte er Schritte. Langsam schlurfend.

Es war soweit, sie kamen wirklich.

Er würde sterben.

Robin wurde schwindelig und sackte zusammen.

„Robin... Robin... Robin! Wach auf. Wach auf.", sagte eine weibliche Stimme eindringlich.

Zaghaft öffnete er einen Spalt weit seine Augen.

Er lag auf einem Sofa.

„Hast du uns einen Schrecken eingejagt, als wir dich auf dem Boden gefunden haben."

„Wo bin ich... Wer seid ihr... Bin ich tot? Untot?"

„Was redest du für einen Quatsch?! Hallo? Da hat sich wohl jemand eine Gehirnerschütterung eingefangen."

„Nein… Sind wir im Gefängnis? In Sicherheit?"

„Alter, jetzt komm mal klar.", rief eine männliche Stimme energisch, „Du bist weder tot, noch ein Zombie oder wurdest von welchen angefallen. Dir ist schon klar, dass es nur eine Serie ist, ja? Als ob es Zombies wirklich geben würde, ich bitte dich. Du bist ja noch schräger drauf als wir. Und wir sind schon bekloppt nach der ganzen Zombie-Scheiße. Du hast scheinbar deine Brille verloren und bist auf deinen großen Dickkopf gefallen. Das ist alles. Und solltest du die „Avril Lavigne"-Poster nicht erkennen, wir befinden uns in meinem Zimmer. Mussten dich die Treppen hoch tragen, warst bewusstlos wie ein Stein. Aber gut, dass du wieder wach bist."

Robin wollte gerade etwas sagen, als ihn Tim mit einer wichtigen Frage unterbrach.

„Stubbi?"

Bekanntschaften

Der Mexikaner ist direkt am St. Johanner Markt, an einer Seitenstraße zum Staatstheater hin.

Vor allem im Sommer ist er mit seiner großen Außenterrasse sehr beliebt und die zahlreichen Gäste werden von einem freundlichen Personal in einem typisch mexikanischen Ambiente empfangen.

Inklusive Tacos mit Salsasoße und einem „Buenas días!" zur Begrüßung.

So etwa auch an einem etwas ruhigeren Freitagnachmittag.

Eine kleine, zierliche Frau, vermutlich Mitte 40, betrat das Lokal. Ihre Kleidung war verdreckt. Sie hatte einen in Beigetöne gehaltenen Rock an, drunter eine schwarze Strumpfhose und einen dunkellila Pullover als Oberteil.

Ohne in die Getränkekarte zu schauen, bestellte sie sich einen Cocktail: „Ich dät en' Mai Tai nehme."

Sie setzte sich mit einem Barhocker an einen der Stehtische im Eingangsbereich.

Bei der Bestellung ist dem jungen Kellner eine

leichte Alkoholfahne entgegengekommen, die im Vergleich mit dem Gestank ihrer Kleidung, noch recht dezent war.

Er lächelte den Geruch mit einem „Gerne doch" weg und kam kurz darauf mit dem gewünschten Getränk zurück.

Es blieb nicht das einzige.

Irgendwann hatte sie ihren Rhythmus gefunden: Sie wechselte immer zwischen einem Cocktail (Mai Tai oder Pimms Spritz, der Cocktail mit drei Gurkenscheiben) und einer Zigarette mit anschließender Bestellung eines weiteren Getränks ab.

Zu Beginn wirkte es noch so, als ob sie einen inneren Alkoholtank hätte, der schnellstmöglich gefüllt werden müsste. Als dieser dann scheinbar voll genug war, begann sie auch die Getränke zu genießen.

Oder zumindest langsamer zu trinken.

Gegen 18 Uhr betrat Tim, ein BWL-Student der Universität des Saarlandes, das Restaurant, um seine Schicht zu beginnen.

Er hatte noch etwas Zeit und setzte sich an die Bar, um eine Cola zu trinken.

Die Frau sah ihn an, stand von ihrem Stehtisch auf und ging hin.

Sie sprach Tim leicht verwirrt an.

"Heeey, bist du nicht der... Du erinnerst mich an jemanden... Weißt du nicht, wen ich mein?"

"Ich glaube eher nicht.", antworte Tim verunsichert und an seiner Cola schlürfend.

"Doch, doch, du bist aus Bliesmengen-Bolchen! Ganz sicher!"

"Ich war noch nie in Bliesmengen-Bolchen. Wo liegt das denn überhaupt? Irgendwo im Bliesgau vermutlich, aber..."

Die Frau unterbrach ihn abrupt oder vielmehr ihr Alkoholatem übernahm diese Aufgabe.

"Das liegt ungefähr... jo, 70 km von Saarbrücken entfernt und es war früher mal so'n Vorort von Saarbrücken. Jo. So war das!"

"Da muss Saarbrücken aber echt verdammt groß gewesen sein, wenn Bliesmengen-Wie-Auch-Immer ein Vorort war."

Mit jedem Wort versuchte er sich einen weiteren Zentimeter von ihr zu entfernen. Sie rückte nach. Ihr Atem auch.

"Eijo, war es auch. War zu der Zeit von... Kaiser Wilhelm, den II., irgendwann in der Römerzeit... oder im Mittelalter... Ach, was schwätzen ich da. Ich bin auch keine Geschichtslehrerin. Oh, aber vielleicht Chemielehrerin. Mit Substanzen kenne ich mich aus. Verstehste?"

"Aha, okay."

"Jo, aber du bist doch aus Bliesmengen-Bolchen.

Oder du hast einen Doppelgänger dort. Ej, gib es zu! Hast'n Doppelgänger, einen Klon, wie das Schaf Dolly. Määh."

Mäh. Sie hörte nicht mehr damit auf.

Tim versuchte während ihren letzten Worten immer wieder zu seinen Arbeitskollegen Blickkontakt aufzubauen, doch diese verstanden seine Signale stets falsch und lächelten zurück, während sie Burritos und Tequilabier servierten.

Nach einer Lösung suchend, versuchte er es mit einem schärferen Ton: "Das kann sein, aber wie gesagt, ich war da noch nie!"

Nach einem letzten Mäh schaute die Frau ihn kurz an und verstummte.

Er hatte schon die Hoffnung, dass sie nun verstand, dass ihre Anwesenheit unerwünscht sei und verschwinden würde.

Doch falsch gedacht.

Mit ausdruckslosem Gesicht und zittriger Stimme fing sie wieder an: "Mhm... Ich habe Stress mit meiner Mutter. Damals war niemand auf meiner Hochzeit... Mein Mann wollte heute Morgen nach Köln abhauen. Keine Ahnung, wo er jetzt ist... Keine Ahnung... Er ist weg. Nicht da. Weg. Wie auf meiner Hochzeit. Niemand. Niemand. Nur einer. Du. Du... Du hübscher Junge. Du bist wirklich nicht aus Bliesmengen...?"

"Nein, verdammt nochmal, wie oft soll ich es

denn noch sagen?! Ich bin nicht aus diesem verdammten Kaff. Es tut mir leid, was Ihnen passiert ist, aber ich muss nun wirklich arbeiten. Meine Schicht beginnt genau jetzt. Eine schönen Abend noch. Vielleicht schnappen Sie mal frische Luft, vielleicht geht es Ihnen dann besser."

Mit diesen Worten stand Tim auf und ging die Treppe zum Aufenthaltsraum runter, um seine Arbeitskleidung anzuziehen.

Die Frau verließ mit einer Zigarette in der Hand torkelnd das Restaurant. Ihr Gesicht ging ihm lange nicht aus dem Kopf.

Bezahlt hatte sie nicht. Sie wurde dort nie wieder gesehen. In Bliesmengen-Bolchen auch nicht.

Nie wieder.

Ab Morgen

Ihm ging es schon seit Wochen so. Irgendwann hielt dieser Zustand an. Er konnte nichts mehr fühlen. Auch in ganz normalen Situationen.

Es war ein schleichender Prozess gewesen, bis dieser Zustand des „totalen Nichtsfühlens" zum Dauerzustand geworden ist.

Bemerkt hatte er es zum ersten Mal vor ein paar Wochen beim Joggen. Wie jeden Sonntagmorgen klingelte um 8 Uhr der Wecker.

Andere Menschen **brauchen** das Wochenende, vor allem den Sonntag, zum Erholen und Entspannen von einer anstrengenden Woche. Er war in dieser Beziehung anders. Seiner Meinung **nach ist** es eine Sache der Einstellung, ob man eine Auszeit am Wochenende braucht.

Er war sich sicher, dass er diese nicht bräuchte. Jeder Tag sollte voll genutzt werden. Der Sonntag war da keine Ausnahme.

Nachdem er im Bad war und sich seinen komplett schwarzen Jogginganzug angezogen hatte, kochte er sich erst mal eine Tasse Kaffee, aß seine zwei Brötchen mit Erdbeermarmelade (wie jeden Sonntag) und las die Zeitung des Vortags.

Normalerweise interessierte er sich vor allem für den Wirtschaftsteil, doch an diesem Morgen blieb er bei einem ganz anderen Artikel hängen:

Kissenschlacht vorm Saarbrücker Schloss

Saarbrücken. Gegen 16.00 Uhr trafen sich mehrere hunderte Jugendliche vor dem Saarbrücker Schloss und veranstalteten eine riesige Kissenschlacht.

Dieses scheinbar spontane Zusammentreffen hunderter Menschen auf einem öffentlichen Platz wird als „Flashmob" bezeichnet. Solch ein Termin wird meist über Online-Communitys und E-Mail-Kettenbriefe verbreitet. Inhalt eines solchen Treffens sind meist sehr ungewöhnliche Handlungen, wie die Saarbrücker Kissenschlacht zu Ehren des „World-Pillow-Fight-Days".

Auch in Städten wie Paris oder London wurde solch eine Aktion zur selben Zeit durchgeführt.

Innerhalb weniger Minuten füllte sich der Platz vor dem Saarbrücker Schloss mit jungen Menschen, die alle Kissen dabei hatten. Pünktlich um 16.00 Uhr fingen sie an, sich gegenseitig mit den Kissen zu schlagen, dass wahrlich die Federn flogen. Nach nicht ganz fünfzehn Minuten war das Spektakel schon vorbei und die Teilnehmer verflüchtigten sich in alle Himmelsrichtungen. Für alle unwissenden Passanten war dies ein echtes Erlebnis.

„Ich bin beim nächsten Mal auf jeden Fall wieder dabei. So viel Spaß hatte ich echt seit langem nicht mehr!", so Barbara P. aus Güdingen.

Er schlug die Zeitung zu.

Den Wirtschaftsteil hatte er ganz vergessen.

„Was um alles in der Welt ist in diese Jugendlichen gefahren?", fragte er sich, „Sie sollten lieber mal anfangen, sich um einen Ausbildungsplatz zu kümmern und zum Jobcenter in die Hafenstraße gehen, als sich die Kissen um die Ohren zu schlagen." Solch eine Zeitverschwendung war für ihn unbegreiflich.

Mit diesem Gedanken stellte er seine Tasse und seinen Teller in die Spüle und zog sich seine Laufschuhe an. Den Haustürschlüssel hatte er wie gewohnt in seiner Jackentasche.

Er schloss seine Wohnungstür zweimal ab und ging die drei Stockwerke schnellen Fußes hinunter. Einen MP3-Player hatte er keinen dabei.

Er brauchte keine Musik beim Laufen.

Ihm war es lieber, wenn er hörte, was um ihn herum passierte.

Wie üblich machte er seine drei Dehnübungen, trippelte kurz auf der Stelle, dehnte sich erneut und lief in Richtung Deutsch-Französischen-Garten, kurz DFG, los.

Von seiner Wohnung in Alt-Saarbrücken aus war es nur ein kleines Stück zum DFG sowie zu seinem Büro.

Aus diesem Grund mochte er die Wohnlage sehr, da er so keine Zeit verlor: Innerhalb von zehn Minuten konnte er beide Orte erreichen, die in seinem Leben eine große Rolle spielten. An keinen anderen Ort war er öfter (ausgenommen seiner Wohnung selbst).

Der Park war einer der schönsten in Deutschland. Zumindest empfand er (und wahrscheinlich die meisten Saarbrücker) es so im Vergleich zu denen in Hamburg, Köln oder München. Spaziergänger bräuchten einen ganzen Tag, um alles gesehen zu haben: Den groß angelegten See mit einer Wasserorgel (vor allem im Sommer war es ein sehr schönes Ereignis, wenn zu klassischer Musik meterhohe Wasserfontänen in die Luft schossen und um die Fontänen die Entenfamilien schwammen), die großen Liegewiesen oder der Rosengarten mit rund 120 verschiedenen Arten.

Dass der DFG auch Maskottchen hatte, die zwei Sonnenblumen Michel und Marianne, wusste er.

Er war sich aber sicher, dass er zu einem kleinen Personenkreis gehörte, die überhaupt mal erfahren haben, dass sie existierten.

Er brauchte exakt eine Stunde.

An diesem Morgen waren besonders viele Jogger unterwegs, was für diese Uhrzeit ungewöhnlich war.

Doch da es die letzten Wochen nur geregnet hatte und an diesem Tag zum ersten Mal wieder die Sonne hinter dunklen Wolken zum Vorschein kam, war es auch nicht ganz verwunderlich.

Der Winter schien endlich vorüber zu gehen und der Frühling war bereit zu kommen.

Und er war bereit ihn mit weit ausgebreiteten Armen willkommen zu heißen. Er hatte genug davon, dass sich seine Stimmung dem Wetter anpasste.

Zumindest kam es ihm so vor.

In letzter Zeit gab es immer wieder Momente, in denen er eine Unzufriedenheit spürte. Ein Gefühl von leichter depressiver Stimmung, einen inneren Druck, der aber nach wenigen Augenblicken wieder verschwand. Bisher war er stets so geschickt im Ignorieren, dass er es bisher immer unterdrücken konnte.

Er wusste, dass er zu den Menschen zählte, die immer als fröhlich und hilfsbereit angesehen wurden.

Es machte ihm auch sichtlich Spaß anderen zu helfen. Arbeiten tat er auch immer mehr als verlangt, um beispielsweise anderen bei wichtigen Projekten zu unterstützen, die dringendst fertig gestellt werden mussten. Er würde sich als sehr „engagiert" bezeichnen.

Ziemlich verschwitzt und körperlich am Ende lief er die letzten Meter zum Kiosk, das sich am Eingang des Gartens befand.

Er bestellte sich ein stilles Wasser, trank es und wechselte ein paar Worte mit dem Kioskbesitzer, der eine Latzhose trug.

„Das Wetter scheint langsam besser zu werden. Dieses regnerische Wetter habe ich echt satt.", so der Kioskbesitzer.

„Ich auch."

„Erst bei Sonnenschein lohnt es sich den Kiosk zu öffnen. Wenn es regnet besucht ja niemand den DFG. Warum auch?! Da kann ich die Leute schon gut verstehen, aber die Geschäfte laufen eben schlecht."

„Ja, das ist schade. Aber nun wird es ja besser. Die Meteorologen haben für die kommenden Wochen gutes Wetter gemeldet."

„Das freut mich. Die ersten Vögel habe ich auch schon gehört.“

„Ich auch. Aber ich muss nun auch weiter, ich habe noch einiges zu erledigen.“

Er mochte keine Gespräche über das Wetter, er mochte keine Gespräche, die nur geführt wurden, damit Worte fielen. Auch Gespräche sollten produktiv sein und zu einem Ergebnis führen. Dass er sich eben an solch einem Gespräch beteiligte, lag mehr daran, dass er mit den Gedanken ganz woanders war.

Er ging sehr gerne joggen. Zum einen, weil es ihn körperlich fit hielt und zum anderen, weil er sich nach dem Laufen immer gut fühlte.

Eine Zufriedenheit stieg in ihm auf, eine Art Glücksgefühl, das ihm neue Kräfte für die kommende Woche gab. Doch diesmal spürte er keine Zufriedenheit. Auch das Glücksgefühl ließ auf sich warten.

Er dachte, dass es vielleicht diesmal etwas länger bräuchte, da er weniger gelaufen war.

Zuhause würde es schon noch kommen.

Als er seine Haustür öffnete, in seinem fast leeren Raum mit Balkon in Richtung Osten stand und die Tür hinter sich schloss, passierte es.

Plötzlich fing er an zu weinen und wusste gar nicht warum.

Für etwas mehr als eine halbe Stunde saß er bewegungslos auf seinem Bett.

Die Tränen strömten aus ihm heraus und er konnte nichts dagegen tun. Jeder Versuch sich zu beruhigen artete im genauen Gegenteil aus.

Es wurde noch schlimmer.

Es kam ihm vor, als ob er die letzten Jahre keine einzige Träne vergossen hätte und sich alle für diesen einen Moment angesammelt hatte.

Und so war es auch. Er konnte sich nicht daran erinnern, wann er zuletzt geweint hat.

Den ganzen Vormittag verbrachte er damit, gegen die Tränen anzukämpfen.

Es war ein harter Kampf.

Irgendwann gelang es ihm, sich wieder in seiner gewohnten Kontrolle zu befinden, um als mutmaßlicher Sieger aus der Gefühlsschlacht hervorzutreten.

Reflektieren wollte er diesen emotionalen Ausbruch nicht. Ehrlich gesagt wusste er auch gar nicht, wo er da, wie ansetzten sollte. Schließlich war es ihm nicht bewusst, warum es passiert war. Es gab keinerlei logische Erklärung dafür.

Stattdessen zog er es vor, sein wöchentliches Sonntagsprogramm fortzusetzen: Er machte die Wäsche, ging erneut duschen und zog sich etwas

Bequemes an. Statt aber an seinem Laptop zu arbeiten, legte er sich anschließend auf sein Bett und begann zu lesen.

Einen Fernseher oder ein Radio besaß er nicht. Sowieso war seine Wohnung sehr sporadisch eingerichtet.

Neben seinem Bett stand ein kleiner Nachtisch. An der Wand gegenüber stand ein großes Regal voller Bücher, daneben sein Kleiderschrank. Rechts von der Balkontür war sein Schreibtisch. Die Küche, bestehend aus einem Kühlschrank, einer Spüle, einem Minibackofen sowie einer doppelten Herdplatte, befand sich in einer Nische im Gang zum Bad. Alle Wände waren weiß und kahl. Seitdem er in diese Stadt gezogen war, hatte er noch nie Besuch und wollte auch keinen haben.

Sein Besuch würde seine Wohnung auch nicht als gemütlich bezeichnen, eher ernüchternd (im Gegensatz zur Stadt Saarbrücken).

Doch ihm gefiel es so, da es das Wesentliche zum Leben beinhaltete, aber nicht vom Eigentlichen ablenkte. So oder so ähnlich würde er seinem Besuch den Gedanken hinter seiner Einrichtung erklären.

Das Buch, das er las, gehörte zu seinen Lieblingsbüchern.

In der Geschichte ging es um einen jungen Mann, der zum ersten Mal in seinem Leben andere Länder bereiste und die Welt entdeckte.

Der junge Mann, genannt Mohado, lebte in Togo und musste jeden Tag ums Überleben kämpfen. Sein ganzes Leben hat er für seine Familie hart arbeiten müssen, um Geld zu verdienen, dass der tägliche Grundbedarf an Lebensmitteln gedeckt werden konnte.

Wobei ihm dies nicht immer gelang.

Eines Tages musste er in die nächstgrößere Stadt, um neue Kleidung zu kaufen. Als er zurückkam, war sein Dorf und seine Familie nicht mehr da. Ein Buschfeuer war ausgebrochen und hat alle in den Flammen mitgenommen.

Nach tagelanger Trauer und Verzweiflung schaffte er es schließlich neuen Lebensmut zu schöpfen und beschloss, dass er auf große Weltreise geht, um sich und die Welt zu entdecken.

Dieses Buch hatte er bestimmt schon zehn Mal gelesen, doch langweilig wurde es ihm nie.

Er bewunderte den Mut des jungen Mannes und wie er auf seiner Weltreise seinen Schmerz verarbeiten konnte und dabei selbst zu einem noch stärkeren und klügeren Mann wurde.

Normalerweise empfahl er nie ein Buch weiter, aber bei diesem Buch würde er eine Ausnahme machen.

Nachdem er bei der Hälfte des Buches angelangt war, wurde er langsam müde, legte das Buch beiseite und machte seine Nachttischlampe aus.

„Morgen werde ich wieder ganz normal auf die Arbeit gehen, es steht einiges an und es muss unbedingt erledigt werden. Mit 27 Jahren kann und darf man noch kein seelisches Wrack sein. Wobei ich mich so nicht einstufen würde. Die Titanic war ein Wrack nach dem Crash mit dem Eisberg, ich aber nicht. Ich hatte einen schlechten Tag, vermutlich der Wetterumschwung. Ja, ich war immer schon etwas wetterfühlig.", sagte er beruhigend zu sich selbst.

Er deckte sich mit seinen zwei Decken zu, die ihm ein Gefühl von Sicherheit gaben.
Schutz.
Deckung.
Eine flauschige Mauer zur Außenwelt. Geschützt vorm Alltag. Eventuell sogar vor Stress... Es gab aber keinerlei Gründe sich zu sorgen.
Im Halbschlaf, als seine emotionale Schutzmauer nicht voll mit Wachen besetzt war, drangen heimlich ein paar neue, fremde Gedanken in ihn ein: „Vielleicht liegt es nicht nur am Wetter. Vielleicht sollte ich auf der Arbeit einen Gang zurückschalten. Ab Morgen. Ja, ab morgen."

Rigatonikönig

„Sorry, ich mache mir noch was von dem scharfen Zeug drauf."

„Jo, ich setz mich dann schon mal. Wo bleibt'n es Annika? Vegane Sojawurst und Süßkartoffelpommes. Ach, ich bin ja auch so ein hippes Berliner Trendgirl."

Alex äffte sie nach und suchte schon mal einen Platz zwischen essenden Menschen und ihren Alu-Schalen.

„Also du hast ja irgendwie mehr Käse auf deinen Rigatoni."

Thorsten setzte sich zu seinem Freund aus der Schule. Neben seiner Plastikgabel hielt er noch zwei Servietten in der Hand.

„Hier, ich hab dir ne Serviette mitgebracht."

„Brauch ich nicht. Kannst sie behalten."

„Ist ja schon gut. Hau rein!"

Schweigend begannen beide ihre Nudeln zu essen. Während Thorsten zu Beginn die Rigatoni eher zaghaft aus der Schale pickte, sie dann aber genussvoll in den Mund steckte, lud Alex seine Gabel wie eine Baggerschaufel voll.

Nach kurzer Zeit war der komplette Tisch mit Soße

versaut. Sie machten sich einen Spaß draus, dem anderen Nudeln zu klauen, um sie dann schnellstmöglich zu verschlingen.

„Oh, Jungs, echt jetzt? Ihr seid voll die Schweine. Wie der Tisch aussieht. Geht ja mal gar nicht. Und du Alex, rück mal ein Stück, damit ich mich zu euch setzen kann. Hat bei mir etwas gedauert. Sorry. Aber dafür sind meine Süßkartoffelpommes total frisch. Hab sogar nen Dip. Wollt ihr mal probieren?"

Annika stellte ihr Essen ab und schob Alex elegant mit ihrem Po ein kleines Stückchen zur Seite. Der schaufelte aber total unbeeindruckt einfach weiter in sich hinein.

„Kann ich vielleicht mal ne Pommes probieren?", fragte Thorsten vorsichtig.

„Klar, bedien dich. Sind ja genug da.", antwortete Annika, „Was habt ihr euch eigentlich für welche bestellt?"

„Ich nur – aua - rot.", sagte Thorsten und ließ eine der noch heißen Pommes sofort fallen.

„Ja, natürlich rot-weiß."

Alex hielt feierlich seine Plastikgabel inklusive Rigatoni in die Höhe und fing an zu singen: „Mir san die Bayern, vom Rot-Weißen Bayern! Dem Land, das der Fußball regiert!"

Thorsten schaute ihn vorwurfsvoll an.

„Ey, jetzt schau mal nicht so. Würd ja schwarzblau bestellen, wenn's ginge. Ihr wisst ja, Liebe kennt keine Liga!", grinste Alex.

Annika war von dieser Aktion peinlich berührt und begann zu essen. Während sie ein Stück der fleischfreien Wurst kaute, schaute sie sich um und blieb mit ihrem Blick hinter ihnen hängen.

„Habt ihr gewusst...", fing sie mampfend an und schluckte den Bissen runter, „Habt ihr gewusst, dass beim Crêpestand nur Frauen arbeiten dürfen? Und bei den Rigatoni nur Männer?! Ich finde das diskriminierend. Was ist denn jetzt mit Gleichberechtigung, Genderquote und so?!"

„Oh, deshalb heißt es doch Rigatonimann und Crêpefrau! Wie klingt das denn, wenn man sagt, gehe ma zur Rigatonifrau und zum Crêpemann?! So, dass da keiner mehr was kaufen will, so klingt das."

„Alex, du mit deinen tollen Argumenten immer. Ne, aber jetzt mal im Ernst. Finde ich nicht gut. In Berlin würde es ja so etwas nicht geben.", entgegnete ihm Annika.

„Eben. Weil die nicht mal wissen, was Rigatoni und Crêpe sind. Und hör auf zu labern. Ich möchte weiteressen. Danke."

Thorsten hörte sich die Diskussion aufmerksam an, blieb aber ruhig. Er wirkte eingeschüchtert.

Alex war als erster fertig und faltete seine Alu-Schale zusammen. Annika und Thorsten nahmen fast zeitgleich ihren letzten Bissen zu sich.

„Annika, du, darf ich deinen Müll gerade mit wegwerfen?", fragte Thorsten.

„Die kann das schon alleine, ist schließlich groß genug.", warf Alex ein.

„Du wirst es kaum glauben, aber ich putze mir die Nase selber und binde mir die Schuhe. Kann sogar Doppelknoten mit Schleife. Jetzt biste baff, was. Ich mach mich jetzt aufn Weg und nehm euren Scheiß mit. Da hat nämlich so ein neuer Fair-Trade-Laden im Nauwieser Viertel aufgemacht, da wollte ich kurz vorbeischauen. Ihr könnt ja noch etwas quatschen. Tschaui Jungs."

Thorsten folgte ihr mit seinem Blick so lange, bis sie am St. Johanner Markt in Richtung Karstadt verschwand.

Alex sah das und klopfte ihm auf die Schulter.

„Zeit für ein Gespräch unter Männern, Alter. Keine Ahnung warum, aber du stehst auf Annika, was?!"

Thorsten schwieg.

„Hey, das muss dir nicht peinlich sein. Ich fand ja sogar mal Miriam scharf. Und im Vergleich zu der sieht Annika doch ganz passabel aus."

Thorsten schwieg.

„Jetzt sag doch mal was, Mann. Stell dich mal nicht so an, als ob du noch auf die Grundschule gehen würdest. Wir sind alt genug. Ich kann auch über Sex reden, wenn dir das leichter fällt. Oder dir von meinem Traum mit Frau Müller, unserer Bi-o-lo-gie-lehrerin, erzählen.", stichelte Alex.

„Ja..."

Thorsten löste sich langsam aus seiner Erstarrung.

„Ja, doch ich denke schon, dass ich Annika mag... Schon etwas länger."

„Geht doch! Ja, und, wo ist das Problem?"

„Ich weiß nicht."

„Wie, du weißt nicht. Frag sie doch einfach mal, ob ihr was zusammen unternehmt?!"

„Ich weiß nicht..."

„Hör mal mit deinem 'Ich weiß nicht' auf. Bist ja schlimmer als meine kleine Schwester."

„Ja, und für was soll ich sie fragen?"

„Hä?"

„Na, was wir zusammen machen könnten."

„Lasertag spielen."

„Ich meine es ernst. Wenn du keinen Bock hast, müssen wir auch nicht drüber quatschen."

„Ne, komm schon. Sorry... Ja, keine Ahnung. Kino. Kaffee. Eis. Staden. Die Klassiker eben."

„Und was ist, wenn sie nein sagt?"

„Also mit der Einstellung wird das nix. Das sag ich dir jetzt schon. Glaub an dich! Tue ich doch auch. Also an mich."

„Ist gut jetzt. Thema beendet."

„Oh Thorsten. Sie wird schon ja sagen. Und wenn

nicht, weißte was: Das ist wie in der Fressgasse hier. Es gibt viele Rigatoniläden und trotzdem finden sich genügend Nudelesser. Und so ist das auch im Leben. Es gibt Unmengen von Frauen, tolle Frauen, und da wird auch mindestens eine passende für dich dabei sein. Jeder mag halt seine Rigatoni anders. Mach dir da mal keinen Kopf."

„Soll ich Womanizer oder Rigatonikönig zu dir sagen?", antwortete Thorsten und machte schon ein ganz anderes Gesicht.

„Beides?! Gefällt mir! Gibt ein Like."

Wahre Männerfreundschaft.

Beide Jungs lachten sich so an, dass keiner mehr an ihre „Bromance" zweifeln konnte.

Aufgelöst wurde dies von Thorsten mit einem Blick auf seine Uhr.

„Oh verdammt, scheiße, meine Saarbahn kommt jetzt an der Joki. Muss los. Bis morgen dann. Danke dir." Und er rannte zur Johanneskirche davon.

Alex stellte sich ganz lässig und locker vor den Rigatonistand. Er schoss mit seinem Handy ein Selfie, das er gleich bei Instagram postete:

alex_yolo_2001 Ich bin der Rigatonikönig von Saarbrücken, weißte Bescheid. #rigatonibabo #saarbrooklynswag

Füreinander

„Marie, hast du das gesehen?"

„Was?"

„Na, dieses, ich weiß nicht, kleine Ding. Es war klein und rund, auch flauschig."

„Du willst mich doch veräppeln!"

„Nein, nein, wirklich, es war gerade noch da und verschwand unter unserem Tisch! Vielleicht war es ein fettes Rattenbaby."

„Ist klar, wie auch immer, ich würde gerne nun meinen Tee zu Ende trinken und dann gehen wir..."

„Aber Marie, hast du mir nicht zugehört? Es war da und wir müssen es suchen, bevor es für immer verschwindet und wir es nie mehr sehen. Wirklich, es ist mir wichtig, sehr wichtig."

„Also ich habe nichts gesehen und ich glaube kaum, dass es hier im Restaurant kleine fette Rattenbabys gibt, die unter Tischen verschwinden und sich in Luft auflösen. Ein anderes Mal können wir danach suchen, aber nicht heute. Wir müssen nun los, sonst kommen wir schon wieder zu spät und das waren wir bereits letzte Woche. Pack deine Sachen und komm, den Tee kann ich auch unterwegs trinken.“

Marie stand auf, zog sich ihren schwarzen Wintermantel an und ging in Richtung Tür.

Das Restaurant war bis auf die beiden leer und würde danach ohne Gäste noch ungemütlicher wirken, als es sowieso schon war.

Roman blieb noch kurz auf seinem Stuhl sitzen, wartend, ob Marie nicht doch noch bleiben und sich auf die Suche nach dem Tier machen würde.

Doch als sie schon draußen war und vor der Glastür wartete, war ihm bewusst, dass dies nicht mehr der Fall sein würde.

Etwas traurig zog auch er seine Jacke an, flüsterte leise, dass er wiederkommen und sie suchen würde. Dann ging er zu seiner Schwester hinaus in die Kälte.

Es war ein sonniger Novembertag, einer der Tage, an denen einem die stechende Kälte weniger ausmachte, da die Sonne die Stiche mit ihrer Wärme gleich wieder heilte. Schnee bedeckte die Bürgersteige und Straßen.

Roman hatte das Gefühl, dass jeden Moment ein Hundeschlitten mit Huskys um die Ecke kommen könnte. Doch dies behielt er lieber für sich und sagte nichts zu Marie.

Er wusste, dass sie nicht daran glauben und sich nochmal so benehmen würde, wie im Restaurant.

Er mochte seine große Schwester sehr gerne, doch traurig machte es ihn, wenn sie ihm keinen Glauben schenkte und diesen schenkte er ihr immer.

Selbst damals, als sie ihm prophezeite, dass sich ihre Eltern trennen werden, obwohl es für ihn unvorstellbar war.

Sie behielt Recht.

Zwei Wochen, nachdem sie diesen Verdacht geäußert hatte, kam es zu einem großen Streit und ihr Vater zog aus und wohnte seitdem in Sankt Arnual. Den Grund wussten sie bis heute nicht und keiner der beiden wollte mit ihnen darüber reden. Sie wären noch zu jung und könnten diese „Erwachsenenbeziehungen" nicht verstehen.

Dies ist nun auch schon 13 Monate her.

Seitdem besuchten Marie und Roman ihren Vater einmal in der Woche, der sich in einem kleinen Appartement niedergelassen hat und immer noch darauf wartete, befördert zu werden, um in die Großstadt zu ziehen. („Ja, ich liebe euch und möchte ganz in eurer Nähe wohnen, aber wie soll ich sagen, ich muss schauen, dass ich irgendwann auch mal einen Schritt nach vorne mache. Für mich, für das Leben, ich denke, ihr werdet es eines Tages verstehen.", war die Antwort auf Romans Frage, warum er denn überhaupt davon träumte, in die Großstadt zu ziehen. Wie Berlin. Das konnte er wirklich nicht nachvollziehen und deswegen wollte er auch nie den Grund für die Trennung seiner Eltern wissen. Auch seinem Vater schenkte er den Glauben, dass er es wohl nicht verstehen würde. Noch nicht.)

„Roman, bitte benimm dich heute. Wir essen zusammen und schauen dann, dass wir danach wieder zügig gehen können, ich habe später noch eine Verabredung. Sag aber nichts unserem Vater, ok?!"

„Ja, Mama!"

„Sehr lustig."

Marie klingelte an der Tür und ihr Vater machte sogleich auf, als ob er direkt dahinter schon gewartet hätte.

„Ich habe schon auf euch gewartet. Kommt rein, kommt rein. Das Essen ist auch schon fertig. Es gibt Geheirate. Kommt rein!"

Gerade als er sich schon umdrehen wollte, fiel ihm ein, dass er seine Kinder noch gar nicht umarmt hatte, was er aber dann gleich nachholte. Er versuchte es mit einem leichten Lachen so wirken zu lassen, als ob er sie nur ärgern wollte.

Doch eigentlich schämte er sich dafür.

Während dem Essen wurde kaum gesprochen.

Ihr Vater erzählte kurz, dass er sich überlegt hat, ein neues Sofa zu kaufen, eines, welches auch als

Bett genutzt werden kann. Wenn er dies hätte, könnten die beiden auch gerne mal bei ihm übernachten.

Marie berichtete davon, dass sie bei einem Radiosender zwei Konzertkarten für das bevorstehende Open-Air-Festival „Rocco del Schlacko" gewonnen hat.

Roman erzählte nichts.

Er aß brav auf und blieb vor seinem leeren Teller sitzen.

„Warum erzählst du denn nichts, mein Lieber?", fragte sein Vater.

„Es gibt nichts zu erzählen."

„Das glaube ich dir nicht. Schau mal, wir haben uns eine Woche nicht gesehen, irgendwas kannst du mir doch bestimmt berichten, oder?"

„Ja, vielleicht schon. Aber ich möchte nichts Falsches sagen."

„Ach quatsch, du kannst doch nichts Falsches sagen. Komm, erzähl deinem Vater was Schönes."

„Marie hat gesagt, ich soll mich benehmen. Dann sage ich lieber gar nichts."

Marie schaute Roman mit einem Blick an, der ihm ganz klar vermittelte, dass er das nun lieber nicht hätte sagen sollen.

Ihr Vater schaute sie mit demselben Blick an.

„Wenn Marie so etwas nochmal zu dir sagt, kannst du ihr sagen, dass sie sich mal benehmen soll. Deine Schwester benimmt sich, glaub ich, viel öfter mal daneben, als du. Also, erzähl schon. Ich höre dir zu!"

„Gut... Ja, also, ich weiß nicht. Wobei, Moment, ich kann dir von heute etwas berichten! Als Marie und ich noch kurz im Restaurant waren, da habe ich gesehen, wie ein Rattenbaby unter unserem Tisch verschwunden ist. Es war klein und so flauschig! Marie wollte mir nicht glauben, aber..."

„Ja, warum wohl?! Als ob es wirklich da gewesen wäre. Du siehst öfters Dinge, die gar nicht da sind! Also bitte!", unterbrach Marie ihn mit einem scharfen Ton.

Sie war noch sauer, da sie der Meinung war, dass ihr Bruder sie verpetzt hatte.

Vielleicht war sie gerade etwas ungerecht, aber das wollte sie nicht wahrhaben. Oder war ihr in dem Moment egal.

Roman fing an zu weinen.

Sein Vater stand auf und nahm ihn in den Arm. Dies passierte nicht oft und das war wohl auch der Grund, dass Romans Tränenquelle gleich wieder versiegte und es einfach genoss, seinem Vater so nahe zu sein.

„Marie, nun entschuldige dich bei deinem Bruder. Das war nicht fair, dass du ihn unterbrochen und ihn so angegangen bist."

Es dauerte einen Moment, bis Marie ein zaghaftes

„Entschuldigung" über die Lippen brachte.

Roman war das genug und nahm die Entschuldigung an, küsste seinen Vater auf die Backe und setze sich wieder auf seinen Stuhl.

Auf dem Heimweg zu ihrer Mutter war Marie sehr nachdenklich, nahm ihren Bruder zwar an die Hand, doch war nicht wirklich mit ihm verbunden.

Nach einer halben Stunde Schweigen blieb sie stehen und stellte sich vor Roman.

„Du, Roman, es tut mir wirklich leid, ich wollte dich nicht verletzen. Ich mag es selbst nicht, wie ich seit der Trennung unserer Eltern manchmal drauf bin. Ich kann damit wohl doch schlechter umgehen, als ich gedacht habe. Und ich möchte ja auch die große Schwester sein. Für dich. Entschuldige..."

Sie hielt kurz inne.

„Aber hey, schau mal, bei diesem Wetter und dem Schnee, habe ich das Gefühl, dass hier gleich ein Hundeschlitten vorbei kommen könnte."

„Ohja! Und zwar mit Huskys mit blauen Augen."

„Genau!"

Roman umarmte seine große Schwester ganz fest.

Lyoner Schorsch

„Lyoner Schorsch, was kann ich für Sie tun?"
So begrüßte früher Lothar Schmelz seine Kundschaft als Besitzer eines Schrottplatzes in Saarbrücken-Burbach. Jahrelang war er die Nummer 1, wenn es um Autoschrottteile ging.
Sogar Kunden aus Rheinland-Pfalz sind extra für ihn angereist, da sie wussten, dass sie bei ihm in besten Händen waren.
Wütend war vor allem seine Kollegin aus Trier, Beate Zung, die zuvor seinen Titel innehielt. Sie musste nach bitteren Jahren Insolvenz anmelden und verkaufte anschließend als Blumenfee Pflanzen. Bevorzugt Topfpflanzen.

Doch auch Lothar ist nicht mehr in seinem Gewerbe tätig. Er hat in einem VHS-Wochenendkurs umgeschult und ist nun Privatdetektiv.
Seinen Schrottplatz hat er zu einem guten Preis verkauft.
Einen Teil hat er auf die hohe Kante gelegt und mit dem restlichen Geld konnte er sich ein komplett neues Büro leisten. Im Lyonerring (für alle Nicht-Saarländer, ja, die Straße gibt es wirklich in

Saarbrücken). Unten im Haus befindet sich ein Metzger mit großer Wursttheke und eine Etage höher hat Lothar seine Räumlichkeiten.

Oder besser gesagt de Lyoner Schorsch.

Dass dies aus offensichtlichen Gründen nicht sein bürgerlicher Name ist, ist vielen Menschen gar nicht mehr bewusst.

Schon seit seiner Grundschulzeit trägt er diesen Spitznamen und er hat ihn sich zu seinem Erkennungs- oder besser gesagt, zu seinem Alleinstellungsmerkmal gemacht.

Als Schrotthändler und nun als Privatdetektiv.

Scheinbar weckt kein anderer Name im Saarland so viel Vertrauen, wie dieser. Er konnte sich bei der Eröffnung seines Büros kaum vor Anfragen retten. Niemand zweifelt an seiner Kompetenz, trotz seiner beruflichen Vergangenheit und der schnellen Umschulung. Das Geschäft läuft.

So ist es nicht verwunderlich, dass es gleich zu seiner Öffnungszeit morgens um 12 Uhr an seiner Tür klopft (der Türklopfer ist ein halber Lyonerringel aus Holz).

Eine schlanke Frau betritt sein Büro. Sie ist ungefähr 35 Jahre alt und trägt ein sommerliches Kleid mit Blumenmuster. In einer Hand hält sie ihre Clutch und mit der anderen zieht sie einen kleinen Jungen hinter sich her.

Anhand der sich ähnelnden Augenpartie kombiniert Lyoner Schorsch, dass es sich um ihren Sohn handeln muss.

„Lyoner Schorsch, was kann ich für Sie tun?"

„Dürfen wir uns setzen?"

„Ja, natürlich. Setzen sie sich."

Die Frau rückt erst den Stuhl für ihren Sohn vor und setzt sich dann neben ihn.

„Wie heißen Sie denn junge Frau?"

„Mein Name ist Monika Düppenweiler. Und hier, das ist mein Sohn Alfred Düppenweiler. Wir stammen auch aus diesem Ort."

„Ach, wie lustig. Kennen Sie Barbara Müller? Ist meine Großtante. Sie wohnt schon seit über 40 Jahren in Düppenweiler, gleich neben der evangelischen Kirche. Als Kind war ich oft bei ihr."

„Ihre Großtante ist das?! Natürlich kenn ich sie. Wer denn auch nicht im Ort? Tolle Frau. Ganz tolle Frau. Sie ist auch immer so charmant zu meinem Mann… Oder soll ich sagen zukünftiger Ex-Mann…"

Sie bricht in Tränen aus. Ihr Sohn bleibt apathisch sitzen.

Für alle Fälle vorbereitet, reicht er ihr ein Taschentuch aus der Box, die sich direkt auf seinem Schreibtisch befindet. Profi eben.

„Das tut mir leid, gute Frau. Ich wollte jetzt nicht

in ein Wespennest stechen. Aber vermutlich sind sie wegen dieser Sache auch bei mir?"

Sie nickt. Bingo. Gelernt ist gelernt.

„Dann erzählen Sie mir doch mal, wie ich Ihnen helfen kann. Ich werde mir ein paar Notizen aufschreiben, wenn es gestattet ist."

Sie nickt abermals und beginnt langsam alles zu erzählen.

So ausführlich, dass Lyoner Schorsch ihr halbes Leben nachkonstruieren könnte. Beginnend mit dem Tag, an dem sie ihren Mann beim Premabüba in der Congresshalle Saarbrücken vor zehn Jahren kennengelernt hat.

„Prima. Vielen Dank für diese sehr ausführlichen Hintergrundinformationen. Sie sahen als geflügelte Meerjungfrau mit Sicherheit zauberhaft aus.

Aber vielleicht könnten Sie mir nun konkret schildern, was vorgefallen ist und wo Sie meine Unterstützung brauchen".

„Alfred, Ohren zuhalten."

Wie auf Kommando hält er sich die Ohren zu und bleibt ruhig sitzen.

„Also, es ist mir etwas unangenehm, aber ich glaube mein Mann hat mich betrogen.", flüstert sie ihm zu.

„Können Sie einordnen, wann es in etwa passiert sein muss?"

„Ja, letztes Wochenende. Ich war mit meinen Mädels bei einem Krimidinner in St. Wendel und am nächsten Morgen im Wellness. Mein Mann war alleine zuhause. Alfred war bis abends bei einem Freund in Rammelfangen."

„Und wie kommen Sie darauf, dass er Ihnen fremdgegangen ist?"

„Die Crémantflasche war leer."

„Aha... achso."

„Mein Mann trinkt keinen Crémant. Nur Radler. Er würde niemals einen Schluck davon trinken. Da bin ich mir zu 100% sicher."

„Gut, das ist natürlich ein sehr eindeutiges Indiz. Da muss ich Ihnen Recht geben. Ich kann nur aus meinen Erfahrungen sprechen, aber ich kenne auch keinen Mann, der auf Crémant umsteigen würde. Und ihr Sohnemann war es ja bestimmt nicht."

„Nein, niemals. Alfred würde auch gar nicht an die Flasche dran kommen."

„Gut. Oder auch nicht gut. Haben Sie jemanden in Verdacht, wer die Frau gewesen sein könnte?"

„So direkt nicht..."

Während Monika überlegt, nimmt sie eine Haarsträhne zwischen ihre Finger und fängt an sie zu zwirbeln.

Ihr Sohn hat weiterhin beide Hände auf seine Ohren gedrückt. Beim Versteckspielen wäre er ein ausdauernder Zähler. Ohne Schummeln und mit

Augenzuhalten.

Als sie ihren Zeigefinger aus den umwickelten Haaren zieht, scheint sie eine Idee zu haben.

„Chantal Becker. Ja, es muss diese Chantal Becker gewesen sein, dieses Pohdsche. Solch eine Trulla. Die macht doch im Ort alles an, was nicht bei drei auf den Bäumen ist. Die ist erst neulich durch unsere Straße gelaufen und ich habe gesehen, wie sie meinen Mann im Vorgarten angeschaut hat. Diese Blicke waren eindeutig. Und mein Hansi ist doch so leicht um den Finger zu wickeln. Zumindest bei mir. Erst neulich haben wir diesen Film im Bett nachgespielt. Ich habe echt alles mit ihm machen können. Wie hieß er gleich nochmal? Mhm… Fiffis Schäds uff Gräy oder so."

„Hab davon gehört", unterbricht er sie leicht errötet, „aber hier, mit der Chantal, auch das spricht wahre Bände. Schreiben Sie mir gleich mal deren Adresse mit auf. Und meine gute Frau Düppenweiler, Sie müssen nicht weitersuchen, ich glaube ich bin der Richtige, um diesen Fall zu lösen. Auch wenn es nicht ganz einfach wird."

„Oh, vielen Dank Herr Lyoner Schorsch. Ich hatte schon Angst, dass Sie mich wegschicken und sagen, ich würde überreagieren. Aber ich habe ein ganz ungutes Gefühl. Beim letzten Mal hatte ich es, als meine Schwiegereltern überraschenderweise zu Besuch kamen. Und drei Tage vorher war mir schon mulmig."

„Machen Sie sich keine Gedanken. Wo kann ich denn Ihren Mann heute antreffen?"

„Also noch müsste er auf der Arbeit sein. Schafft beim Ticketschalter am Hauptbahnhof. Danach geht er mit seinen Jungs kegeln. In Klarenthal. Da ist er bei den ‚Saarbrigger Kegel Bobbelscher' und pünktlich zum Abendbrot ist er dann eigentlich zuhause."

„Prima. Sie können Ihrem Jungen sagen, dass er die Hände wieder runternehmen kann."

Frau Düppenweiler klopft ihrem Sohn zweimal auf die linke Schulter. Wie ein dressierter Hund versteht er das Zeichen sofort und befreit seine Ohren.

Sein Gesichtsausdruck bleibt jedoch unverändert.

Lyoner Schorsch kommt es vor, als ob er traurig wäre. Und er möchte niemanden traurig sehen.

Er stellt eine Schüssel vor ihn, die er aus einem kleinen Kühlschrank neben dem Schreibtisch nahm.

„Mein Junge. Ich sag immer: Erscht mohl gudd gess, geschafft hann mir dann schnell! Ich habe leider keine Bonbons, aber ich kann dir ein Stück Lyoner von der Metzgerei unter mir anbieten. Greif zu."

Unerwartet gierig greift Alfred in die Schüssel mit den kleinen Fleischwurststückchen und steckt sich mit seinen kleinen Fleischwurstfingern gleich drei auf einmal in den Mund.

Währenddessen schreibt seine Mutter ihre Kontaktdaten sowie die Adresse von Chantal Becker auf.

„Schmeckt's dir? Ist heute im Angebot, falls deine Mutter dir etwas Gutes tun möchte.", sagt Lyoner Schorsch und zwinkert ihm und seiner Mutter zu.

Nach zwei weiteren Handgriffen ist die komplette Schüssel leer und der Privatdetektiv begleitet die beiden zur Tür hinaus.

„Ich meld mich, sobald ich etwas herausgefunden habe."

Nach einem sehr ausgiebigen Mittagessen steigt Lyoner Schorsch in sein Auto ein. Dieses trägt auf dem Rückfenster einen Schriftaufkleber „Uff da Schnerr!"

Ganz nach diesem Motto macht er sich mit seinem roten Fiat Panda, Baujahr 85, auf den Weg zur Klarenthaler Kegelbahn.

Sein Plan ist genial und simpel: Er möchte sich als interessierter Kegler vorstellen, der den Verein wechseln möchte. So sollte er auf jeden Fall die Gelegenheit erhalten beim Kegeltraining dabei zu sein.

Und sein Plan geht auf.

„Ei natürlich, komm einfach mit runter. Sind noch nicht alle Jungs da. Können vorher noch ein kühles Radler trinken, wenn du magst. Wie heißt du denn?"

„Gonzales.", schwindelt Lyoner Schorsch.

„Oha, da haben dir deine Eltern einen interessanten Namen gegeben. Siehst gar nicht aus wie ein Gonzales. Bist aber Saarländer, oder?"

„Jo, natürlich. Meine Eltern waren großer Fan von dieser schnellen Maus."

„Achso. Jo, warum nicht. Is mal etwas anderes."

Glück gehabt. Seine Tarnung ist nicht aufgeflogen.

„Wie unhöflich von mir. Ich habe mich ja noch gar nicht vorgestellt. Ich bin der Hans. Oder auch Hansi."

Als ob es Lyoner Schorsch schon geahnt hätte. Das Radler-Angebot hatte ihn bereits verraten.

Hansi hatte er sich nur ganz anders vorgestellt. Vor ihm stand ein sympathischer, etwas vollschlanker Mann mit Brille und Cordhose, der pflichtbewusst seinen Ehering trug.

Aber stille Wasser sind ja bekanntlich tief.

Gemeinsam gehen die beiden Männer die Treppe in der Kegelklause zur Kegelbahn A und B runter.

„Wir spielen immer auf Bahn A. Früher auch mal B, aber A liegt uns besser. Ob es zwischen A und B wirklich einen Unterschied gibt, wissen wir gar nicht. Aber A bringt uns definitiv mehr Glück. Das haben wir auch schon auf Turnieren gemerkt. Deswegen A statt B."

„Alles klar."

„Aus welchem Verein kommst du denn? Oh fast vergessen... GERDA! ZWEI RADLER BITTE!", schreit Hansi von der Treppe aus hoch.

„KOMMT MEI GUDDA!", ruft eine verrauchte Frauenstimme zurück.

„Ja, entschuldige, wo hast du nochmal gespielt?"

„Ach, war ein ganz kleiner Verein. Bei Wadern."

„Wie hieß er denn?"

„Kennste bestimmt nicht."

„Jetzt, sag doch einfach mal. Kenne fast alle."

„Ähm. Ja, unser Name war ,Die Abholzer 1924 e.V.'"

Kurze Pause.

„Ne, kenne ich echt nicht. Ward wohl nicht so gut, was?! Nix mit Abholzen scheinbar.", grinste Hansi.

„Ja, leider.", sagt Lyoner Schorsch erleichtert, dass er nicht weiter ausgefragt wurde und wohlmöglich doch noch seine Tarnung aufgeflogen wäre.

Braune Holzwände, Neonröhren, Bilder von Vereinsausflügen an den Wänden sowie ein langer Holztisch, der schon Kegelgenerationen überlebt hat. Eine typische Kegelbahn eben und genauso hat sich Lyoner Schorsch es sich auch vorgestellt.

Von Werner werden sie begrüßt, der sich als sehr nett herausstellt.

Mit Gerda und den beiden Radlern treffen schließlich die letzten Herren ein. Karl und Heinz. Und schon geht es los.

Hansi bereitet die Tafel vor, Werner schnappt sich die erste Kugel, alle übrigen Männer feuern an. Gemeinschaftsgeist, das gefällt Lyoner Schorsch.

Sein erster Wurf ein Pudel, doch beim zweiten trifft er gleich acht Kegel.

Anerkennendes Männerraunen.

Erneute Bestellung von Radlern.

Kegeln.

Bestellung.

Kegeln. Reden. Trinken.

Trinken.

Kegeln.

Trinken.

Die Zeit vergeht wie im Flug und fast hätte er vor lauter Spaß seinen eigentlichen Auftrag vergessen. Er war ja nicht zum Vergnügen da.

Genau in diesem Moment klingelt Hansis Telefon. Dieser schaut kurzsichtig aufs Display, runzelt die Stirn und verschwindet zur Toilette.

Sehr verdächtig.

Lyoner Schorsch folgt ihm unauffällig und lauscht an der Tür. Er ist sicher, dass es seltsam ausgesehen hätte, wenn er direkt nach ihm auf Toilette gegangen wäre. Kein Risiko eingehen.

Hansi wirkt aufgebracht.

„Jo, und was soll ich nun bitte machen? Das ist mir sehr wichtig. Ich habe doch jetzt nicht etwa umsonst diesen ganzen Aufriss gemacht... Ne, das kann ich nicht bringen. Was glaubst du, wie meine Frau da reagieren würde? Ne, ne. Ne, das geht nicht. Es ihr einfach sagen und fragen, ob er gut ist? Ich bin ja schon froh, dass es ihr mit der Crémantflasche noch nicht aufgefallen ist... Was?! Ja, vielleicht sollte ich lieber auch noch die leere Flasche wegwerfen. Jo, stimmt... Okay... Gut... Dann klär du das ab. Jo. Ich melde mich noch, muss wieder los. Sind gerade am Kegeln. Jo, dir nen schönen Abend Chantal. Bis bald!"

Er legt auf.

Geheimnis. Crémant. Chantal.

Eindeutiger geht es nicht. Jetzt ist selbst Lyoner Schorsch ganz aufgebracht und kann sich gerade noch rechtzeitig an den Zigarettenautomaten gegenüber stellen, bevor Hansi ihm die Tür ins Gesicht geschlagen hätte.

„Ich hab noch Zigaretten. Brauchst dir keine zu kaufen. Komm, zum Abschluss spielen wir immer ‚Swinger Club'. Macht sau viel Spaß!"

Stille Wasser sind bekanntlich sehr tief.

Nach dem allerletzten Spiel gehen die Männer

gemeinsam hoch in die Kegelklause, begleichen ihre Bierdeckel und verabschieden sich.

„Gonzales, es war mir eine Freude. Überleg's dir. Du bist bei uns herzlich willkommen. Selbst Karl und Heinz sind aus dem Schwärmen von dir nicht mehr rausgekommen. Meld dich einfach."

„Alles klar, mach ich. Bis bald Hansi."

„Tschau."

Zum Abschied gibt es eine Männerumarmung und Lyoner Schorsch macht sich geschwind zu seinem Fiat Panda.

Die Nacht wird er öfters wach.

Er weiß nicht, wie er es Monika Düppenweiler schonend beibringen soll, dass sich der Verdacht erhärtet hat. Das Telefonat war so eindeutig.

Alleine schon, wie Hansi mit Chantal über den Crémant gesprochen hat.

Es war zu spüren, dass ihm die Angelegenheit sehr wichtig war und er ein großes Geheimnis daraus machte. Wie es Lyoner Schorsch in seinem VHS-Kurs gelernt hat, ist dies ein eindeutiges Zeichen dafür, dass etwas im Busch ist.

Vielleicht sogar wörtlicher, als er es sich vorstellen wollte. Eine Konfrontation ihres Mannes ist unumgänglich.

Nach endlosen Gedankenkreisen, einem guten Beruhigungstee und einem Stück Fleischwurst schläft er schließlich wieder ein.

Am nächsten Morgen ruft er sie an und vereinbart ein Treffen nachmittags im Café am Saarbrücker Schloss.

Erst mit ihr alleine.

„Meinen Sohn kann ich schlecht alleine zuhause lassen. Mein Ex-Mann muss die Wocheneinkäufe erledigen. Er wird dabei sein. Er kann ruhig erfahren, was sein Vater angerichtet hat. Diese Wutz."

Dann soll Hansi nach den Einkäufen hinzukommen. Ohne zu wissen, dass Lyoner Schorsch auch da sein wird.

Mal sehen, wie er reagieren wird und ob er seine Tat eingesteht.

„Ach, liebe Frau Düppenweiler, es tut mir so leid. Mir war es wichtig, dass ich Ihnen die neuesten Informationen gleich mitteile und sie so direkt eine Entscheidung treffen können. Setzen Sie sich aber lieber erstmal. Und hallo Alfred, mein Guter."

Wie in seinem Büro, setzen sich die beiden nebeneinander.

Doch als ihr Sohn sich schon wie automatisch die Ohren zuhalten möchte, gibt sie ihm mit einem Handzeichen zu verstehen, dass es diesmal nicht erforderlich ist.

„Jetzt erzählen Sie mir bitte, was sie gestern mitbekommen haben. Ich kann nicht länger warten.

Aus lauter Wut, habe ich die leere Crémantflasche gestern in den Glascontainer förmlich geschmissen! Solch eine Wut habe ich! Können Sie sich das vorstellen?!"

„Ich kann Ihren Ärger sehr gut verstehen. Ich würde Sie aber bitten, dass sie versuchen sachlich zu bleiben. Vor allem, wenn ihr Mann gleich hinzukommen wird. Denken Sie auch daran, wie es Ihrem Sohn dabei geht. Es wird für niemanden einfach."

„Ja. Gut. Aber jetzt erzählen Sie doch, was in der Kegelklause los war."

„Okay."

„Okay."

„Möchten Sie etwas bestellen?"

„Was?", verwirrt schauen sie sich an.

Erst dann bemerken sie, dass ein Kellner zu ihnen an den Tisch gekommen ist. Nach kurzem Zögern bestellen sie zwei Kaffee und einen Kakao.

„Aber jetzt. Ist es eindeutig?"

„Wie soll ich es sagen… Ja. Nach meiner professionellen Einschätzung, ja."

„Unglaublich."

„Er hat mit Chantal telefoniert."

Monika Düppenweiler hält zitternd und Tränen unterdrückend eine Hand vor ihren Mund.

Sie ringt kurz mit ihrer Fassung und dreht sich zu ihrem Sohn.

„Alfred, mein Schatz, ich muss dir etwas sagen... Also, es ist so... Also, Papa und ich, wir werden uns..."

„Paaaapaaaa!"

Hansi betritt strahlend das Café und hält nach seiner Familie Ausschau.

Als er sie erblickt und dann noch sieht, wer bei ihnen sitzt, kann er es nicht fassen.

„Gonzales?! Was, du hier? Mit meiner Frau und meinem Sohn? Woher kennt ihr euch denn?"

Lyoner Schorsch hält sich schon mal innerlich kampfbereit. Wie oft hat er in Lehrfilmen solch eine Situation gesehen und weiß, was alles passieren kann.

Doch widererwartend geht Hansi mit offenen Armen auf ihn zu und umarmt ihn.

„Das nenne ich doch mal eine Überraschung! Sag jetzt nicht, dass meine Frau dich zu uns gestern zum Kegeln geschickt hat."

„Hansi, ich muss auch zu dir ehrlich sein. Ja, hat sie."

„Monika, du bist ein Goldstück! So einen Mann haben wir in unserem Team gebraucht. Gonzales, dich schickt der Himmel. Mit dir werden wir auf jeden Fall die nächsten Wettkämpfe gewinnen."

„Ich heiß nicht wirklich Gonzales."

„Jo, habe ich mir doch gleich gedacht. Ist dein Keglername, richtig?"

„Also Hansi, eigentlich bin ich der Lyoner…"

„Jetzt hört doch auf übers Kegeln zu reden!", platzt es aus Monika raus.

„Ich weiß ganz genau, was du am Samstag gemacht hast! Und ausgerechnet auch noch mit Chantal Becker! Hast du tatsächlich geglaubt, dass ich die Crémantflasche nicht finden würde? Hast du das tatsächlich geglaubt? Und ich bitte dich, dann auch noch in unserem Haus!"

Hansi ist zu perplex, um etwas zu sagen. Damit hat er nicht gerechnet.

Aus Alfred sprudelt es stattdessen auf einmal heraus. Er scheint aus seiner gedanklichen Winterstarre zu kommen.

„Mama, Mama, ich war auch dabei. Ich habe alles mitbekommen! Ich durfte dir nichts sagen. Hat Papa gesagt. Erst hat er mich in Rammelfangen abgeholt. Dann Chantal und eine Freundin."

„Was?! Auch noch zwei?! Ich fasse es nicht."

„Ja, Mama. Es sollte eine Überraschung für dich werden."

„Eine Überraschung. So nennen wir das also."

„Ja. Mit Crèmemann oder wie das heißt."

„Für unseren Hochzeitstag.", wirft Hansi ein.

Monika schaut ihn mit wässrigen Augen an.

„Ich habe dich angelogen, Schatz. Es tut mir leid. Aber was hätte ich denn nur machen sollen? Du weißt doch, dass ich keinen Crémant trinke. Nur

Radler. Wie hätte ich denn feststellen können, welcher Crémant gut ist? Als Geschenk zu unserem Hochzeitstag. Und jo, da ist mir es Becker Chantal eingefallen. Die seh ich doch immer bei uns im Ort in der Dorfschenke sitzen, wie sie ein Glas nach dem nächsten kippt. Deswegen habe ich sie angequatscht und gefragt, ob sie Crémant testen möchte. Hat natürlich nicht nein gesagt. Dann noch gefragt, ob eine Freundin dabei sein kann. Es Shanaya. Da konnte ich dann nicht nein sagen. Und jo, nachdem ich unseren Jungen abgeholt habe, kamen die beiden mit weiteren Flaschen an. Irgendwann musste ich ein Taxi für die beiden rufen. Die halbleeren Flaschen haben sie wieder mitgenommen und die leere habe ich dann versteckt. Aber scheinbar nicht gut genug."

„Und wie die getrunken haben, Mama. Die waren später so lustig. Viel lustiger als Bibi und Tina auf Amadeus und Sabrina."

Monika wischt sich die Tränen weg und ein leichtes Lächeln umgibt ihre Lippen.

„Ich habe den besten Mann, den man sich nur wünschen kann. Du bist so süß. Ich liebe dich."

Sie beugt sich über den Tisch und gibt ihrem Mann einen Kuss.

„Keine Geheimnisse mehr. Versprochen!"

Lyoner Schorsch versank während dem Geständnis

immer mehr auf seinem Stuhl.

Lag er mit seiner Vermutung wirklich falsch? Konnte er sich so geirrt haben?

Es war alles so eindeutig.

„Herr Lyoner Schorsch, war es das, was sie mir eben sagen wollten?", fragt Monika Düppenweiler, als ihr Mann zur Toilette geht.

„Frau Düppenweiler, so ist es. Ich habe das Telefonat gehört und es war gleich klar, dass er eine Überraschung für Sie plant. Und da ich meinen Klienten gegenüber eine Verantwortung trage, muss ich so etwas natürlich auch mitteilen. Eine Überraschung zu versauen fällt mir sogar fast schwerer, als auszusprechen, dass es sich tatsächlich um einen Seitensprung gehandelt hat. Was ja bei Ihnen zum Glück nicht der Fall ist."

Der Fall ist gelöst. Wieder konnte Lyoner Schorsch die Wahrheit ans Licht bringen.

Er weiß, wie richtig ermittelt wird. Nicht umsonst liegt seine Erfolgsquote bei 100 Prozent.

Der nächste Fall wartet bereits in seinem Büro auf ihn.

Telefonat in die Heimat

Es war Winter. Mitte Dezember.
Bischmisheim lag unter einer dicken Schneedecke. Es fuhren keine Autos. Die Straßen waren leer, da selbst der Winterdienst sie nicht mehr räumen konnte. Die Vorgärten waren mit bunten Lichtern und Weihnachtsfiguren geschmückt.
Abdrücke von kindergroßen Schneeengeln waren vereinzelnd noch zu erkennen. Die Kirchenglocken schlugen zur vollen Stunde. Es hätte kein schöneres Motiv für eine Weihnachtskarte geben können.

Doch der Schein trog.
Das vermeintliche Glück, das sich im Ort **widerspiegelte**, war nicht überall vorzufinden.
In einem kleinen Haus am Waldrand, das abseits vom Ortskern lag, gab es eine Person, die mit der Idylle vor der Haustür gar nicht glücklich war. Sie war sogar sehr traurig.
Wegen des Schnees war es ihr nicht möglich zu ihrer Familie zu fahren, die sie schon so lange nicht mehr gesehen hatte, geschweige denn vor die Tür zu gehen.

Geplant war, dass sie über Weihnachten und Neujahr gemeinsam Zeit verbringen.

So lange wie schon seit Jahren, seit Jahrzehnten nicht mehr. Der Gedanke, die Zeit ohne die geliebten Menschen, ja sogar alleine zu verbringen, schmerzte sehr. Auch, dass sie ihr neugeborenes Enkelkind dadurch nicht kennenlernen konnte.

Weihnachten war für sie schon gelaufen, bevor es überhaupt angefangen hat.

Ein Engel nach dem anderen wurde in der Küche abgehangen. Die mit Kunstschnee aufgesprühten Sterne an den Scheiben weggewischt, die restlichen Türchen des Adventskalenders geöffnet und die Schokolade gegessen.

Als sie begann die Krippe abzubauen und den Esel in der Hand hielt, klingelte ihr Schnurtelefon. Sie stellte den Esel neben das Jesusbaby zurück und nahm den Hörer ab.

„Maier, hallo?"

„Hallo Mama, ich bin's, Heike. Wollte mal wissen, wie es dir geht."

„Ah, schön, dass du anrufst... Ja, wie soll es mir gehen? Natürlich nicht so gut, jetzt, wo ich nicht zu euch kommen kann. Das ist ganz schön deprimierend. Ich hatte sogar schon den Esel vom Jesusbaby in der Hand."

Sie klang frustriert.

„Was? Ja... Okay... Also wir sind auch sehr traurig

darüber. Wir haben schon überlegt, ob wir zu dir fahren sollen. Aber dem Kleinen können wir so eine lange Fahrt noch nicht zumuten. Und zumal es mit dem Schnee auch wirklich nicht ganz ungefährlich ist. Echt, so ein Scheibenkleister… Aber sobald es besser wird, kommst du direkt zu uns. In Ordnung?"

Schweigen.

„Hallo Mama? Bist du noch dran? Mama?"

Keine Antwort.

Kurz Stille.

Dann ein lautes Schnauben und ein entschlossenes Aufschlagen des Telefonhörers auf die harte Holzoberfläche des Telefontischs.

„Was ist denn nun los? Mama? Du machst mir Angst. Komm zurück an den Hörer. Warum knallst du denn den Telefonhörer hin? Hallo? Hallo! Haaaaallloooo?!"

Die Hallo-Rufe ihrer Tochter wurden immer lauter, sodass sie überall in der Küche zu hören waren. Doch Anneliese Maier erreichte diese nicht, da sie sich bereits in ihrem Schlafzimmer befand und hastig Kleider in ihren kleinen Lederkoffer warf, diesen verschloss und mit einem braunen 70er-Jahre Ledermantel über die Schulter geworfen, die Treppen runter schnellte.

So unvorsichtig, dass sie an einer Stufe ausrutschte und sich gerade so noch am Geländer festhalten konnte. Ihr Koffer flog allerdings die Treppe runter und landete mit einem lauten Knall.

Unten wurde sie von panischen Rufen nach ihr begrüßt, die nur noch nach unverständlichen Lauten und Kreischen klangen.

„Jetzt beruhige dich doch mal.", versuchte sie ihre Tochter zu besänftigen.

„Mutter, du hast leicht Reden! Mich beruhigen?!", sie war ganz außer Atem und ihr Puls immer noch auf 180, „Du knallst das Telefon hin. Du antwortest nicht auf meine Rufe. Dann höre ich ein lautes Poltern, als ob du die Treppe runtergefallen wärst! Und ich sitze hier und kann nichts tun! Wie in einem Hörspiel von TKKG, indem gerade ein Mord geschieht. Und da sagst du, ich soll mich beruhigen?!"

Anneliese Maier wollte gerade antworten, als ihre Tochter schon Luft für ihren nächsten Satz geschnappt hat.

„Und um Gottes Willen, was tust du überhaupt?"

„Ich komme zu euch."

„Was kommst du?"

„Ich komme zu euch."

„Zu uns?"

„Ja, wohin denn sonst?"

„Jetzt?"

„Jetzt."

„Nein, Mutter, du kommst nicht zu uns. Bist du

verrückt? Du kannst doch nicht bei diesem Wetter fahren. Das ist viel zu gefährlich."

„Und ob ich das kann. Ich möchte euch sehen."

„Mama, wir wollen dich doch auch sehen. Aber wie willst du denn überhaupt aus Bischmisheim kommen? Da liegt doch bestimmt wieder so hoch der Schnee, dass selbst der Winterdienst nicht geräumt hat. Oder?"

„Mhmm."

„Hab ich Recht?"

„Ach, dann laufe ich halt den Berg hoch, nehme irgendwo den nächsten Bus zum Saarbrücker Bahnhof und komme eben mit dem Zug zu euch!"

„Du spinnst doch, Mama. Lass den Blödsinn und komm zu uns, wenn das Wetter besser ist. Wir laufen dir nicht weg. Versprochen."

„Ist mir egal, ich komme. Koste es, was es wolle. Ich werde Weihnachten hier nicht alleine verbringen."

Sie war gerade dabei den Hörer aufzulegen, als ihr ein eindringliches und paralysierendes STOPP entgegen geschrien wurde. Sie nahm das Telefon wieder ans Ohr.

„Mama, ich möchte diesen Satz von dir nie wieder hören. Koste es, was es wolle. Bleib bitte daheim. Ich möchte dich nicht verlieren. Du kannst doch nun nicht so leichtsinnig sein. Ich bitte dich. Komm, wenn das Wetter besser ist. Wenn die

Straßen frei sind. Aber nicht heute. Nicht heute. Verstanden? Es ist kein böser Wille, aber…"

Ihre Mutter fing bitterlich an zu weinen.

Erst konnte sie sich gar nicht beruhigen und die Tränen liefen ihr die Backen runter.

Sie schluchzte herzzerreißend.

Heike war auch den Tränen nahe, da sie ihre Mutter so noch nie erlebt hatte.

„Mama, beruhige dich bitte. Es ist doch alles gut. Wir sehen uns doch ganz bald wieder. Alles ist gut."

Mit diesen Worten versuchte sie nicht nur Anneliese zu besänftigen.

Ihr Schluchzen wurde ruhiger und sie versuchte sich zu sammeln, um etwas zu sagen.

Nach einem kurzen Moment fielen ihr die Worte wie eine große und bedrückende Last aus ihrem Mund.

„Ich vermisse euch."

Schweigen auf der anderen Seite der Leitung.

Heike wurde innerlich ganz weich. Mit feiner Stimme und unter zarten Tränen antwortete sie: „Wir vermissen dich ja auch. Ohne dich ist es gar kein Weihnachten. Doch du bist immer bei uns. Wir lieben dich. Du bist die Heimat in unseren Herzen."

Ein kleines Dankeschön

Ich möchte mich bei allen bedanken, die mein Leben so bereichern. Die mich auf meinem kreativen Weg unterstützen, fördern und mir helfen, mich weiterzuentwickeln und neue Wege einzuschlagen. Oder einfach an meiner Seite sind und mir Kraft geben. Von ganzen Herzen: Danke.

Ganz besonderen Dank an meine Familie und Freunde. Ich liebe euch.

Tante Hedi, dieses Buch ist dir gewidmet. Dir und deinem großen Herzen. Und ich hoffe du weißt, dass du für mich wie eine Oma bist. Meine Oma.

Dieses Buch wäre ohne die folgenden Menschen nicht entstanden: Michael, Annabelle, Martina und Bernd. Ich küsse euch.

Und hier möchte noch einen ganz großen Dank an Bettina aussprechen: Es war mir eine riesige Freude mit dir an den Geschichten zu arbeiten. Herzlichen Dank.

Des Weiteren möchte ich dir, lieber Leser, zwei mir wichtige Orte in Saarbrücken nahelegen:

Zum einen die 2. Chance Saarland e.V. sowie die Schauspielschule Acting & Arts Saarbrücken.

Der Verein arbeitet seit dem Jahr 2008 mit sozial benachteiligten Jugendlichen, mit und ohne Migrationshintergrund, jungen Menschen mit besonderen Integrationshemmnissen sowie Menschen mit Behinderung. Der Zugang zu ihnen erfolgt über den Bereich Erlebnispädagogik, Kunst, Kultur und Musik.

Sie machen wirklich wunderbare Arbeit, die jede Unterstützung wert ist. Weitere Informationen zum Verein befinden sich auf www.2-c-s.de

Acting and Arts. Es gibt keinen vergleichbaren Ort für mich. Die Werte und das kreative Handwerk, die vermittelt werden, bereichern mich nicht nur als Schauspieler, sondern vor allem auch als Mensch. Danke. Vor allem Petra.

Ich möchte auch dir danken, dass du dieses Buch in den Händen hältst und dadurch einen Traum Realität werden lässt. Als kleines Dankeschön, möchte ich dir folgenden Text schenken.

Traum, darf ich bitten?

Inwiefern kannst du das Träumen wagen,
ohne deinen Plan vom Leben zu verraten?
Kannst du deinen Entscheidungen vertrauen,
ohne dir deinen Weg zu verbauen?
Wie soll ich denn zu den Sternen kommen,
wenn ich hier unten liege und mich lieber sonne?

Manchmal frage ich mich, wie es wäre,
wenn es anders wäre und nicht so,
wie es gerade ist.
Wenn der Zustand des Gerade-Seins
etwas Flüssiges wäre
und du dich treiben lassen kannst,
ohne Angst zu haben,
dass du nicht zum Meer gelangst,
denn einen anderen Weg gibt es nicht.

Oder auf der „yellow brick road"
tanzend mit roten Schuhen
und Freunden im Gepäck sein,
um am Ende doch nur festzustellen,

dass der große Zauberer ein verwirrter Mann ist,
mit dem Lebensmotto: „Schein"

Dann lieber mit Mary Poppins in Bilder springen,
singen, mit Pinguinen swingen,
Freude bereiten und mit den Worten
 „Supercalifragilisticexpialigetisch"
seinen Träumen auf Karusselpferden
entgegen reiten.

Inwiefern kannst du das Träumen wagen,
ohne deinen Plan vom Leben zu verraten?
Kannst du deinen Entscheidungen vertrauen,
ohne dir deinen Weg zu verbauen?
Wie soll ich denn zu den Sternen kommen,
wenn ich hier unten liege und mich lieber sonne?

Und zwischen all den Möglichkeiten,
kommt mir da so eine essenzielle Frage auf:
Alle reden davon, ich ja auch,
aber was genau ist ein „Traum"?
Und gibt es die auch im Kollektiv (vom Band)
oder sind es Einzelanfertigungen
mit den Körpermaßen deiner Jugend?

Dass es nicht so wie Bingo funktioniert,
habe ich schon verstanden.
Ich darf nicht darauf warten,
eine Reihe von richtigen Zufällen zu erhalten
oder so viele Lose zu kaufen,
bis alle Nieten dem Gewinn enttanzen.
Ich muss selber tanzen.

Ich muss dem Traum sagen:
„Hey, Traum, komm runter
aus deiner einsamen Sternenstadt,
du hast das Warten doch genauso satt.
Ich weiß, ich bilde dich mir nicht ein,
du und ich,
wir zwei,
verblüffen die Realität mit Alberei."

Inwiefern kannst du das Träumen wagen,
ohne deinen Plan vom Leben zu verraten?
Kannst du deinen Entscheidungen vertrauen,
ohne dir deinen Weg zu verbauen?
Wie soll ich denn zu den Sternen kommen,
wenn ich hier unten liege und mich lieber sonne?

Nimm das Risiko auf dich, dich zu trauen,
deinen Lebensplan mit Gefühlen, Wünschen und
dem Unmöglichen zu unterbauen.
Träume müssen nicht nur Träume bleiben,
das habe ich nun erkannt.
Deswegen nehme ich sie ab heute
selber an die Hand.

www.benjaminkelm.de
www.facebook.com/benjaminkelmofficial

Zeitfracht Medien GmbH
Ferdinand-Jühlke-Straße 7
99095 Erfurt, Deutschland
produktsicherheit@kolibri360.de